I0550819

INSCRIPTIONS

FRANÇAISES ET LATINES,

PROPOSÉES

POUR LES PRINCIPAUX MONUMENS

DE PARIS ET DES DÉPARTEMENS.

Par M. DUBOS aîné.

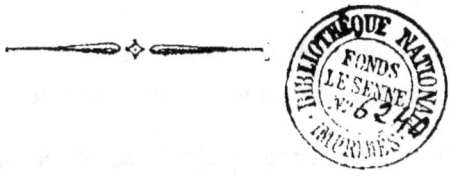

À PARIS,

Chez DEBRAY, Libraire, rue Saint-Honoré, Barrière des Sergens;

Et chez RONDONNEAU, Imprimeur du Corps législatif, rue Saint-Honoré, n°. 323, au Dépôt des Lois.

AN 1806.

INSCRIPTIONS
FRANÇAISES

PROPOSÉES POUR LES PRINCIPAUX MONUMENS

DE PARIS ET DES DÉPARTEMENS.

Pour la Bibliothèque Impériale.

Ici, dans les écrits de l'Univers savant,
Tout grand homme respire et tout siècle est vivant.

Pour l'Institution des Sourds-Muets.

Ici des Sourds-Muets la jeunesse exercée
Par signes communique et reçoit la pensée.

Pour l'École de Médecine.

Esculape, en ce lieu, précepteur tutélaire,
De son art aux humains dévoile le mystère.

Pour le Jardin des Plantes.

Ici des végétaux l'assemblage divers
A fait de ce Jardin celui de l'Univers.

Pour l'Hôtel des Invalides.

Cet asile, aux Guerriers consacré par la France,
Atteste leurs exploits et sa reconnaissance.

INSCRIPTIONS
LATINES

PROPOSÉES POUR LES PRINCIPAUX MONUMENS

DE PARIS ET DES DÉPARTEMENS.

~~~~~~~~~~~

Pour la Bibliothèque Impériale.

Musarum hìc Præses reserat penetralia Phœbus :
Hìc calor Ingenii scriptis post sæcula vivet.

Pour l'Institution des Sourds-Muets.

Hìc, mirum !-arte novâ Naturæ damna rependens,
Alloquitur Mutus Surdum, Surdusque reponit.

Pour l'École de Médecine.

Edocet hìc aptas ægris Mortalibus artes
Indulgens fidis Epidauri Numen alumnis.

Pour le Jardin des Plantes.

Hìc plantæ è variis collectæ partibus Orbis
Diversis pandunt natalem Gentibus hortum.

Pour l'Hôtel des Invalides.

Has Ædes proprias læsis invicta dicavit
Gallia Militibus, monumentum nobile Laudis.

Pour l'Hospice de la Maternité, rue d'Enfer.

Victime de l'Amour ou du sort, une Mère
Peut cacher en ce lieu sa honte ou sa misère.

Pour le Prytanée Militaire français, à Saint-Cyr.

Du Guerrier qu'a frappé la mort au champ d'honneur,
La France adopte ici le fils et le vengeur.

Pour la Colonnade du Louvre.

L'Antiquité jalouse, en monumens féconde,
Reconnaîtrait ici la Merveille du Monde.

Pour le Palais des Sciences et des Arts.

La France, dans ce Temple aux Muses consacré,
Des Sciences, des Arts nourrit le feu sacré.

Pour l'Hospice des Orphelins.

L'Orphelin, au travail exercé dès l'enfance,
Apprend dans cet asile à vaincre l'indigence.

*Pour le Musée des Monumens Français,
rue des Petits - Augustins.*

Des humaines grandeurs abîme dévorant,
La Tombe atteste ici l'orgueil et le néant.

Pour le Portail de Saint - Gervais.

Arrête! et reconnais ce Chef-d'œuvre immortel,
Par la Religion offert à l'Eternel.

Pour l'Hospice de la Maternité, rue d'Enfer.

Tectum mater egens, innupta Puerpera tectum
Hìc habet, innocuam quo procreet abdita prolem.

Pour le Prytanée Militaire français, à Saint-Cyr.

Excipit hìc Pietas quos Marti Phœbus alumnos
Mox dabit, ulturos Heroum funera patrum.

Pour la Colonnade du Louvre.

Antiquæ jactant septem Miracula Gentes :
Gallia, tu surgis Luparæ miranda columnis.

Pour le Palais des Sciences et des Arts.

Artes hìc Templum posuére, Scientia Sedem :
Hìc sua sunt Phœbo, sua sunt altaria Musis.

Pour l'Hospice des Orphelins.

Hìc puer, infelix ignoto patre, labores
Ediscit varios, olim ne tangat egestas.

Pour le Musée des Monumens Français,
rue des Petits-Augustins.

Quid juvat aula frequens ? fractis hìc marmora sceptris
Rebus in humanis quàm sit testantur inane !

Pour le Portail de Saint-Gervais.

Siste gradum : referens hìc majestate Tonantem
Stat Frontispicium, Pietatis munus et Artis.

Pour l'Hôtel - Dieu.

Au Malade indigent, Étranger ou Français,
Ici l'Humanité prodigue ses bienfaits.

Pour le Lycée Impérial, rue Saint - Jacques.

Ce Lycée, au jeune âge ouvert par les neuf Sœurs,
Est le Temple des Arts et l'École des mœurs.

Pour le Musée NAPOLÉON.

Ces Chef-d'œuvres des Arts conquis par la Victoire,
Ces Marbres, ces Tableaux, ces Grands Hommes, ces Dieux,
A la voix d'un Héros réunis en ces lieux,
Aux siècles à venir attesteront sa gloire.

Pour le portail de l'Hôtel - Dieu, à Paris,
reconstruit par les ordres de S. M.

Héros, de ses exploits il a rempli la Terre :
Bienfaiteur, du Malade il est ici le père.

Pour le Muséum d'Histoire Naturelle.

La Nature offre ici, dans ses Règnes divers,
Un ensemble abrégé de ce vaste Univers.

Pour l'Établissement des Aveugles.

Ici l'Aveugle Pauvre, oubliant sa misère,
Trouve dans la Patrie une seconde mère.

Pour la Manufacture des Gobelins.

Ici l'Art d'Arachné, rival de la Peinture,
Reproduit les Héros, les Dieux et la Nature.

Pour l'Hôtel-Dieu.

Hìc inopem Pietas Ægrûm, Gallus sit, an Hospes,
Excipit, et mater nullo discrimine curat.

Pour le Lycée Impérial, rue Saint-Jacques.

Hìc antiqua viget Studiorum norma, Juventus
Addere quâ discit Phœbeas moribus artes.

Pour le Musée NAPOLÉON.

Hìc spirant simulacra Virûm, simulacra Deorum,

Per varios casus meritis benè parta triumphis.

Pour le Portail de l'Hôtel-Dieu, à Paris,
reconstruit par les ordres de S. M.

Laudatur meritò Princeps, laudatur et Heros :
Hìc meliùs Patrem dicere Pauper amat.

Pour le Muséum d'Histoire Naturelle.

Subjicit hìc oculis regno Natura triformi
Immensum, brevior quantùm sinit angulus, Orbem.

Pour l'Établissement des Aveugles.

Hìc mensa et tectum, Patriæ pia munera Cœco,
Quantùm fata sinant, sortem solantur iniquam.

Pour la Manufacture des Gobelins.

Artifici referens varias hìc cuspide formas,
Lana colore Viros, Naturam, Numina fingit.

(8)

Pour l'Observatoire.

Ici veille Uranie, et son œil curieux
S'élance dans l'espace et mesure les Cieux.

Pour la nouvelle Morgue.

L'Homme inconnu, dans ce séjour de deuil,
Attend la main qui lui donne un cercueil.

Pour la Fontaine de la rue de Grenelle,
Faubourg Saint - Germain.

A Bouchardon gloire immortelle !
C'est lui dont le savant ciseau,
Pour orner de Paris le faubourg le plus beau,
Créa la Nymphe la plus belle.

Pour la Grotte du Jardin du Luxembourg.

Pourquoi, Nymphe charmante, habiter ce séjour ?
As-tu donc oublié tes bosquets, ta prairie ?
— Non, mais il ressemblait à ma grotte chérie,
Et, pour lui, mon erreur a produit mon amour.

Pour l'Ecole de Droit, Place du Panthéon.

Au culte de Thémis la Jeunesse fidelle,
Lui promet, en ces lieux, des Hommes dignes d'elle.

Pour l'Observatoire.

Hinc , per inane, Poli quæ sit mensura, quot astris
Irradiet Cœlum , vitro monstrante , patescit.

Pour la nouvelle Morgue.

Attulit ignotum quod mors ignota cadaver
Hic sperat tumulum quem det amica manus.

Pour la Fontaine de la rue de Grenelle,
Faubourg Saint-Germain.

Naïades pulchras inter pulcherrima Naïs

Hic non indigno fonte ministrat aquas.

Pour la Grotte du Jardin du Luxembourg.

Cur stet Nympha loco , quæris? simul humida saxo

Littora vidit amans , credidit esse domum.

Pour l'École de Droit , Place du Panthéon.

Hic dùm juris honos et legum cura manebunt ,
Fas Themidi non degeneres sperare ministros.

Pour le Tombeau de Charlemagne, à Aix-la-Chapelle.

Ici fut d'un grand Roi la demeure dernière :
Sa cendre a disparu ; son nom remplit la Terre.
La Cité qu'il chérit, releva son tombeau,
Lorsqu'un jeune Monarque, héritier de sa gloire,
Couronné comme lui des mains de la Victoire,
Jetait les fondemens d'un Empire nouveau.

Pour le Monument élevé à la Gloire de Laure et de Pétrarque, à Vaucluse.

C'est ici qu'autrefois sur sa lyre immortelle,
Pétrarque a chanté Laure.... il repose loin d'elle !...
Peintre du sentiment, il trouva dans son cœur
Ses vers qui n'ont jamais alarmé la pudeur,
Qui respirent le feu dont il brûla pour Laure,
Et que l'écho fidelle aime à redire encore.
O toi, qui suis les pas de ce Chantre sacré,
Puisses-tu, comme lui, par l'Amour inspiré,
Vouer, rival heureux de gloire et de tendresse,
A l'immortalité tes vers et ta Maîtresse !

Pour le Tombeau de Linnée, à Upsal en Suède.

A l'immortel Amant des plantes et des fleurs,
Au grand Linnée, Upsal et la Nature en pleurs
Consacrent ce tombeau protecteur de sa cendre.
C'est ici que souvent sa voix se fit entendre.
Il sut aux végétaux, en ses doctes leçons,
Assigner et leur classe et leur genre et leurs noms.
Puisse ce monument, offert à sa mémoire,
Durer aussi long-temps que durera sa gloire !

Pour le Tombeau de Charlemagne,
à Aix - la - Chapelle.

Carolus hìc jacuit Magnus : post funera vivax ,

Si desunt cineres, cum tempore gloria crescit.

Urbs memor antiquum tumulo persolvit honorem ,

Cùm novus Imperii Laudisque renascitur Hæres.

Pour le Monument élevé à la gloire de Laure et de
Pétrarque, à Vaucluse.

Hìc Lauram cecinit, procùl, heu! Petrarcha sepultus :

Vivos læsit Amor, nec Amor post funera junxit.

Quæ Venus afflavit Vati, dilecta Camœnis ,

Carmina non Virtus, nec tu, Pudor ipse, recuses.

Nostri si legeris vestigia sacra Poëtœ

Æmulus, ô utinam plectrum nova Laura ministret !

Pour le Tombeau de Linnée, à Upsal en Suède.

Hìc Natura dolet, Linnœo tristis adempto ,

Et frustrà socium Flora relicta vocat.

Qui varias Rerum distinxit nomine formas,

Alter Aristoteles, Plinius alter erat.

Nostra Viro tumulum vovet hunc Upsalia mœrens :

Sed vivet, tumulo deficiente, decus.

Pour le Tombeau de Fénélon, à Cambrai.

Ici gît Fénélon : la vertu, le génie,
La douce bienfaisance ont illustré sa vie.
Par des écrits profonds, qu'il sut orner de fleurs,
Il soumit les esprits et captiva les cœurs.
Vous, dont le Monde attend des exemples à suivre,
Monarques, vos devoirs sont tracés dans son Livre.

Pour le Canal d'Aigue-Morte, à Beaucaire.

L'art a créé ce fleuve, à la voix de la France,
D'Aigue-Morte à Beaucaire, enfin la mer s'élance ;
A l'aspect des trésors étalés en ces lieux,
Le Commerce applaudit : depuis long-temps ses vœux
Appelaient d'un Canal la présence féconde,
Et désormais Beaucaire est l'entrepôt du Monde.

Pour le Tombeau de Desaix, au Mont-St.-Bernard.

Le voilà ce Guerrier dont l'intrépide ardeur
Nous fit pleurer sa mort au sein de la Victoire :
Ce marbre ne saurait ajouter à sa gloire ;
Qu'il atteste du moins notre juste douleur !

Pour le Tombeau de Fénélon, à Cambrai.

Hic jacet, heu! Fenelo, clarus pietate benignâ,
Ingenio clarus, quo Gallia cive superbit,
Quo moniti Reges Populis dant jura beatis.
Vivet in œternum Prœsul; celebrabitur idem
Scriptor, Virtuti dùm prœmia certa manebunt,
Post genitis carus, viduœ sed carior Urbi.

Pour le Canal d'Aigue-Morte, à Beaucaire.

Artis opus, flumen quod cernis: Gallia jussit,
Insolitumque ruit populis mirantibus œquor.
Hinc, aditus brevior nautis; vos plaudite, cives:
Eccè patet gravidus longinquá merce Canalis.

Pour le Tombeau de Desaix, au Mont-St.-Bernard.

Heu! cecidit Dux magnanimus; sed gloria campis
Stat Marengœis, nullo delebilis œvo.
Marmore non crescet decus immortale triumphi,
Nec mœrens unquàm solvet se Patria luctu.

Pour le Tombeau de Bayard, à Grenoble.

Le Héros dont le nom rappelle la vaillance,
Bayard, cher à son Roi, Bayard, cher à la France,
Repose sous ce marbre, et vit dans tous les cœurs.
N'offre point à sa cendre un vain tribut de pleurs,
Soldat ; en l'imitant, honore sa mémoire ;
Et souviens-toi toujours que son siècle et l'histoire,
Pour prix de ses vertus, pour prix de sa valeur,
L'ont nommé Chevalier sans reproche et sans peur.

Pour le Tombeau de Bayard, à Grenoble.

Quem Rex Franciscus, quem Mars, quem Gallia flevit,
Flos Equitum tegitur saxo, dùm gloria fulget!
Parce piis, Miles, lacrymis; venerabere fidus
Heroem meliùs factis imitator ademptum:
Hœc tanti laus digna Viri, quem fama per orbem
Impavidum Justumque suo cognomine dixit.

Pour le Palais du Sénat,

Hic sedet Imperii legum Tutela Senatus.

Pour l'Athénée des Arts.

Ut vigeant Artes, varioque Scientia cultu,
Ut sit honos Musis, Atria nostra patent.

F I N.

(17)

Pour le Palais du Sénat.

Le Sénat, en ces lieux, Conservateur des lois,
Veille au salut du Peuple, et garantit ses droits.

Pour l'Athénée des Arts.

Venez, Amis des Arts; en ce lieu les neuf Sœurs,
Pour prix de vos travaux, vous offrent leurs faveurs.

F I N.

SUPPLÉMENT.

1807 et 1808.

Pour la Fontaine de l'Ecole de Médecine.

A la voix d'un Héros, la Seine tributaire
Verse, aux pieds d'Esculape, une onde salutaire.

Pour la Colonne de Rosback.

En vain, pour ressaisir ce monument d'orgueil,
Le Vainqueur de Rosback sortirait du cercueil.

Pour l'Eglise de Saint-Denis.

Quand du trône au tombeau la mort les fait descendre,
La France, de ses Rois, recueille ici la cendre.

Pour la Fontaine des Invalides,
surmontée du Lion conquis' à Venise
par S. M. l'Empereur et Roi.

Je tremble pour toi, Nymphe aimable,
Lorsque je vois ce fier Lion.
— Rassure-toi : NAPOLÉON
Ne l'a-t-il pas rendu traitable ?

Pour le Monument dédié à la Grande Armée,
par S. M. l'Empereur,
sur l'emplacement de la Madeleine.

Ce temple ouvert par la victoire
Est pour nous le palais des Dieux :
JUPITER s'y cache à nos yeux,
Mais tout y parle de sa gloire.

Pour la Fontaine de l'École de Médecine.

Ædes ante sacras Epidauri Numinis, Heros
Quo bona cuncta fluunt, vix jubet, unda fluit.

Pour la Colonne de Rosback.

Napoleo dedit hanc, nec reddet fida columnam
Gallia, non si Rex Fredericus et ipse resurgat.

Pour l'Eglise de Saint-Denis.

Hic, dignum extinctis communi sorte sepulchrum
Gallia Principibus relligiosa vovet.

Pour la Fontaine des Invalides,
surmontée du Lion conquis à Venise
par S. M. l'Empereur et Roi.

Ecquid, Nympha, comes monstrum tibi? nonne pavescis?
— Rides; Napoleo leniit ante Feram.

Pour le Monument dédié à la Grande-Armée,
par S. M. l'Empereur,
sur l'emplacement de la Madeleine.

Hic inscripta nitent Heroum nomina, vivunt
Marmora sacra Deûm : Jupiter unus abest.

Pour l'Hospice des Incurables.

De pieux Fondateurs la bonté secourable
Consacra cet asile au Malade incurable.

Pour le Louvre.

FRANÇOIS PREMIER commande, et le Louvre s'élève;
LOUIS, pour l'embellir, aux Arts dicte ses lois;
Enfin, pour couronner l'œuvre de deux grands Rois,
NAPOLÉON paraît, et le Louvre s'achève.

Pour la Statue de Jeanne d'Arc, à Orléans.

Son bras soutint le trône et vengea son pays;
Et de sa noble audace un bûcher fut le prix!
Pour rendre à sa mémoire un éclatant hommage,
Puisse, dans Orléans qu'illustra son courage,
Ce Bronze, relevé par l'amour des Français,
Consacrer à jamais sa gloire et leurs regrets!

Pour le Tombeau de Sainte-Geneviève,
à Saint-Etienne-du-Mont.

Sainte Religion, jouis de ta victoire :
A ton culte rendue, une illustre Cité
Retrouve sa Patronne, et la voit, dans sa gloire,
S'élancer du tombeau vers la Divinité.

Pour le nouveau Cimetière de la Ville de Saint-Denis.

Un fils peut désigner en ce champ funéraire
La place où son amour viendra pleurer son père.

Pour l'Hospice des Incurables.

Quos cruciat morbus nullâ sanabilis arte,
Híc donis Pietas officiosa foret.

Pour le Louvre.

Surgere jussit humo FRANCISCUS conditor: auxit,
Nobilibusque dedit LODOICUS stare columnis;
At Luparæ, triplex quam non absolverat ætas,
NAPOLEONIS erat supremum imponere finem.

Pour la Statue de Jeanne d'Arc, à Orléans.

Restituit dubiam, Regni Tutela, Coronam;
Victima sacrilego mox perit usta rogo!
Ære sed ultori spirabit imago per Urbem,
Virtus ut nostro corde superstes erit.

Pour le Tombeau de Sainte-Geneviève,
à Saint-Etienne-du-Mont.

Dùm plaudit Pietas, stupefactis civibus adstans,
Oblito nimiùm surgit GENOVEFA sepulchro.

Pour le nouveau Cimetière de la Ville de Saint-Denis.

Ut cineri sit honos, ut tutiùs ossa quiescant,
Hic sacrum Pietas signat habetque locum.

Pour l'Hôtel de la Préfecture de la Seine.

Ici d'un Magistrat la sage prévoyance,
Est pour la Cité-Reine une autre Providence.

Pour la Halle aux Blés.

De ces voûtes, Cérès, mère de l'abondance,
Epanche ses trésors sur cette Ville immense.

*Pour le Buste de S. M. l'Empereur et Roi,
dans la Salle de la Mairie du douzième Arrondissement.*

Héros, Législateur, Arbitre de la Terre,
Empereur, Roi : du Peuple IL est ici le Père.

Pour la Porte triomphale du Palais des Tuileries.

A quoi bon ces coursiers et ce char de victoire?
Ne LUI suffit-il pas des ailes de la Gloire?

*Pour la Statue de Sa Majesté l'Empereur et Roi,
dans la Salle de l'Institut de France.*

Son image à la fois nous offre plusieurs Dieux :
Dans les camps il est Mars, Apollon dans ces lieux.

*Pour la Fontaine projetée pour le Palais des Sciences
et des Arts.*

Quand jaillissent ici tous les flots d'Hippocrène,
Près du Pinde Français, pourquoi cette Fontaine?

Pour l'Hôtel de la Préfecture de la Seine.

Consulit híc Prætor Reginæ providus Urbi,
Sequanicisque patet civibus alma domus.

Pour la Halle aux Blés.

Messis ut ingreditur muros advecta quotannis,
Híc reserat nutrix horrea vasta Ceres.

Pour le Buste de S. M. l'Empereur et Roi,
dans la Salle de la Mairie du douzième Arrondissement.

Arbiter Europæ, Cæsar, Rex, Legifer, Heros :
Civibus híc meliùs gaudet adesse Pater.

Pour la Porte triomphale du Palais des Tuileries.

Quid juvat hic currus? quid equorum nobilis ordo?
Alas Fama Viro tradidit antè suas.

Pour la Statue de Sa Majesté l'Empereur et Roi,
dans la Salle de l'Institut de France.

Numina plura refert uná sub imagine : castris
Mars tonat ; híc nobis Præses Apollo favet.

Pour la Fontaine projetée pour le Palais des Sciences
et des Arts.

Quid fons vilis, ubi sacros Academia fontis
Aonii latices colligit ipsa sinu?

Pour l'Hôtel des Monnaies.

Dans ce Palais, Vulcain épurant les métaux,
Prépare nos trésors, et, trop souvent, nos maux!

Pour la Statue équestre de S. M. l'Empereur et Roi.

Du Grand NAPOLÉON ici l'auguste image
D'un Peuple heureux par lui reçoit le libre hommage.

Pour le Tombeau de S. Em. le Cardinal DE BELLOY,
Archevêque de Paris.

C'en est fait, il n'est plus ce Prélat vénérable :
Paris a revêtu de longs habits de deuil;
Et la Religion, d'une voix lamentable,
  Gémit sur son cercueil.
D'un siécle de vertus ô trop courte durée!
Le pauvre et l'orphelin l'ont perdu pour toujours.
Fallait-il, d'une vie aux bienfaits consacrée,
  Voir terminer le cours!
A nos regrets pourtant se mêlent quelques charmes :
Consolons-nous; assis sur un trône immortel,
Il respire, celui qui fait couler nos larmes,
  Au sein de l'Éternel.
Son Clergé l'entourait à son heure dernière;
Que près de vous, dit-il, mes restes soient placés!
Le Grand NAPOLÉON entendit sa prière :
  Ses vœux sont exaucés.

Pour l'Hôtel des Monnaies.

Hic fluit in nummos, peperit quod terra, metallum.

Pour la Statue équestre de S. M. l'Empereur et Roi.

Hic posuére Virum concordi fœdere cives. *

Pour le Tombeau de S. Em. le Cardinal DE BELLOY, Archevêque de Paris.

Ergò tuus cecidit, Regina Lutetia, Pastor
    Quem frustrà Pietas Relligioque vocant!
Ætas, longa licet, brevior fuit; optimus Urbi
    Qui vixit, nunquàm debuit ille mori.
Sint tamen, ó cives, justi solatia luctûs,
    Cœlo quòd Patrem præmia certa manent.
Hanc quoque NAPOLEO *tribuit post funera laudem :*
    Presbyteros inter Presbyter ipse jacet.

* Cette Statue avoit été votée en Juillet 1806, par les habitans de Paris.

Pour le Palais de la Légion d'Honneur.

Si tu veux dans ce Temple inscrire un jour ton nom,
Sois fidèle à l'Honneur, comme à NAPOLÉON.

Pour la Colonne d'Austerlitz, Place Vendôme,
surmontée
de la Statue de S. M. l'Empereur et Roi.

De ce Bronze aux Français un HÉROS fit hommage,
Et la Reconnaissance y plaça son image.
Du haut de ce Trophée, élevé jusqu'aux cieux,
IL veille sur l'Empire, à l'exemple des Dieux,
Répand sur ses Guerriers le feu de son génie,
Commande à la Fortune, et fait taire l'Envie.

Pour la Porte Saint-Denis.

Le Temps dévorait en silence
Cet Arc qui de LOUIS atteste la grandeur :
NAPOLÉON, des Arts relevant la splendeur,
Lui rendit sa magnificence.

Pour la Chambre de Vente des Notaires Impériaux,
à Paris.

Ici sont garantis par le savoir, l'honneur,
Le Fonds à qui l'achete, et le prix au vendeur.

Pour le Palais de la Légion d'Honneur.

Si cupis invictæ dignos Legionis honores,
Principis et Patriæ sit tibi sanctus amor.

Pour la Colonne d'Austerlitz, Place Vendôme,
surmontée
de la Statue de S. M. l'Empereur et Roi.

Quàm super hostili votivam ex ære Columnam
Stat benè, Gallica Gens, Martis imago tui!
Hinc, licet ad cælum properans, non immemor Orbis,
Invigilat Populis quos ditione beat.
Tempus et Invidiam calcat pede; Regna peribunt :
Nomen at æternum NAPOLEONIS erit.

Pour la Porte Saint-Denis.

Quem struxit LODOIX Arcum jàm Tempus edebat :
NAPOLEO priscum sed reddidit ultor honorem.

Pour la Chambre de Vente des Notaires Impériaux,
à Paris.

Hic, ut emas tutus venalia rura domosque,
Incorrupta fides et certa scientia præsunt.

Pour la Porte principale de la ville de Péronne,
dite la Pucelle.

D'ennemis conjurés une horde cruelle
Vainement foudroya ces tours et ces remparts :
Péronne est invincible ; et sur ses étendarts
La Victoire a tracé : PÉRONNE LA PUCELLE.

FIN DES INSCRIPTIONS.

Pour la Porte principale de la ville de Péronne,
dite *la Pucelle.*

Sæpiùs hostis atrox obsessam terruit Urbem :
Restitit, et VIRGO *dicta* PERONNA *fuit.*

FIN DES INSCRIPTIONS.